Schnauze voll!

Klaus Stuttmann Karikaturen 2024

Mit einem **Vorwort** von **Wolfgang Kleinert**
und monatlichen Erinnerungshilfen von **Walther Fekl**

Schaltzeit Verlag

Vorwort

Schon als Kind wollte Klaus Stuttmann Künstler werden. Irgendwann aber habe er die Kunst nicht mehr verstanden. Vor allem die abstrakte. Da half auch das Studium der Kunstgeschichte in Tübingen und Berlin nix. In Berlin begann er Texte in Studentenblättern zu illustrieren, Karikaturen zum aktuellen Geschehen zu zeichnen und schließlich seit 1990 – dem Fax sei Dank – als Fulltime-Karikaturist zu arbeiten. Man musste nicht mehr in der Nähe einer Zeitung wohnen, um aktuell liefern zu können.

Der Sprung vom Illustrator zum Karikaturisten ist schon ein gewaltiger. Während der Illustrator sich am Text festhalten kann, muss der Karikaturist in einem Bild mit wenig oder gar ohne Text das auf den Punkt bringen, wofür andere oft lange Abhandlungen brauchen. Und dann noch möglichst witzig.

Intensiv nimmt er die Welt und Umwelt wahr und speichert eigene Erlebnisse, Gelerntes, Erfahrungen, Gelesenes, Gehörtes, Klischees, Redewendungen, Filmstorys, Nachrichten, Gerüchte, Eindrücke, Hintergrundberichte, Bilder, Gesichter, klassische Witzkonstellationen und vieles mehr in seinem Gehirn wie auf einer Festplatte ab. Möglichst geordnet und in speziell dafür angelegten Bild- und Textverarbeitungsprogrammen. Denn der Karikaturist kreiert in der Regel keine neuen Bilder. Die Kunst, die er beherrschen muss, ist es, allseits Bekanntes darzustellen, aber in neuen, überraschenden Zusammenhängen. Daraus entsteht der Spaß für den Betrachter oder die Wirkung auf ihn. Oder wenn es gelingt, durch Veränderungen von Details bekannten Bildern neue Inhalte zu verleihen. Wenn man für Tageszeitungen arbeitet, kommen zwei wichtige Dinge hinzu: Man muss schnell auf das reagieren, was gerade Schlagzeilen macht und das Witzpersonal erkennbar karikieren können.

All das beherrscht Klaus Stuttmann exzellent.

2021 gewann er mit der Karikatur »Unser Krisenmanagement« (s. u.) den 3. Deutschen Cartoonpreis. Wegen Coronabeschränkungen konnte ich damals weder meine Laudatio halten, noch konnte Klaus Stuttmann den Preis persönlich entgegennehmen. In der Laudatio hätte ich u. a. zu sagen gehabt: „Klaus Stuttmann hat es einfach drauf. In der Rangliste der Deutschen Tageskarikaturisten steht er für mich auf Platz 1. Seit Jahren. Weil er das schafft, was nur wenigen Vertretern dieser Zunft gelingt. Tag für Tag Karikaturen abzuliefern, deren Aussagen und Haltbarkeitswert oft weit über den Anlass und Tag der Entstehung hinaus gehen. Diese Karikatur zum Afghanistan-Desaster entstand für den Tagesspiegel vom 18. August 2021. Sie ist weit mehr als sehr guter Kommentar zum Versagen Deutscher Außenpolitik. Ich sehe in dieser gelungenen Tripple-Porträtkarikatur ein Sittenbild. Oder besser noch: ein Unsittenbild. Für die längst nicht mehr in die Zeit passende Uraltunsitte, Posten an Leute zu verschachern, die wegen ihres Parteibuchs und ihrer Karriere irgendwas machen müssen, aber sonst von nix eine Ahnung haben. Statt um Afghanistan könnte es auch um Corona gehen oder um die Umwelt oder Europa … – Klaus Stuttmann hat schon viele Preise gewonnen! Meistens erste und zweite. Nun kommt sein erster dritter beim Deutschen Cartoonpreis dazu. Es wurde auch höchste Zeit …“

Am 31. Dezember veröffentlicht der Tagesspiegel traditionell ein Wimmelbild mit dem „Personal des Jahres“ seines Hauszeichners. Die drei vom dritten deutschen Cartoonpreis 2021 sind inzwischen von der politischen Bildfläche verschwunden. Angela Merkel hat Stuttmanns Schaffen sehr lange begleitet. In 30 Jahren hat er sie etwa 800 mal karikiert. Im Laufe der Zeit soll sie ihrer Karikatur immer ähnlicher geworden sein.

Drei meiner Lieblingsexperten – sowohl im realen Leben als auch von Stuttmann gezeichnet – sind dieses Jahr wieder dabei:

Zu erkennen, ohne dass ich Namen nennen muss …

Aber Stuttmann kann auch anders. Ohne Personal. Wie ein moderner Canaletto kombiniert er in einem meiner liebsten Motive aus diesem Jahr mit lockerem Strich die eingestürzte Carolabrücke mit Dresdens Altstadtsilhouette und seinem Text.

Dass Klaus Stuttmann das geworden ist, was er mal werden wollte, steht für mich außer Frage: ein großer Künstler. Eine andere Frage beschäftigt mich allerdings mehr und mehr. Wen erreicht er mit seiner komischen Kunst? Stuttmanns Karikaturen erscheinen in mehr als 30 Tageszeitungen. Aber sind die Leser dieser Zeitungen die richtigen Adressaten? Stimmen die meisten von ihnen nicht mit dem, was Stuttmann ihnen mitzuteilen hat, sowieso überein. Wäre es nicht besser, die zu erreichen, die gar keine Zeitungen mehr lesen? Das werden immer mehr.

Aber wie an die rankommen?
Zum Beispiel, indem man dieses Buch kauft.
Nicht nur für sich.
Verschenken Sie es.
An die, die es nötig haben.
Oder an Lehrer.
Viel Bilder und wenig Text.
Einfacher kann man wichtige Zusammenhänge nicht erklären.

Wolfgang Kleinert, Chef der Berliner Cartoonfabrik &
Veranstalter vom Cartoonair am Meer in Prerow
Miterfinder und Mitherausgeber von BESTE-BILDER

2023

Nicht wundern! Wegen des notwendigen frühen Redaktionsschlusses geht bei uns das Jahr von November bis Oktober… !!!

Bauernopfer. In Berlin findet die vermutlich größte Freiluft-Traktoren-Ausstellung in der Geschichte der Bundesrepublik statt. Doch auch durch andere europäische Hauptstädte ziehen Bauern. Am Ende erreichen sie eine Rücknahme von ökologischen Maßnahmen, deren langfristiger Nutzen für die Landwirtschaft klar sein sollte. Nie zur Debatte stand dagegen die eigentlich fällige Beschränkung der Macht der industriellen Agrar-Lobby. Diese beherrscht ja auch europaweit die mächtigsten Bauernverbände. So werden die Bauern zu Opfern ihres vermeintlichen Erfolgs.

Wahl-Berliner. Andere gibt es wohl gar nicht mehr. Die Wahlen zum Berliner Abgeordnetenhaus waren so schlecht vorbereitet und durchgeführt worden, dass sie auf Landesebene im Februar 2024 insgesamt wiederholt werden mussten. Nun hat das Bundesverfassungsgericht dies teilweise auch für die Bundestagswahlen vom gleichen Tag angeordnet. Werbung für die Demokratie ist das alles nicht.

Zukunftskoalition. 2021 hat die Bundesregierung nicht benötigte Corona-Kredite per Nachtragshaushalt einem Klima- und Transformationsfonds zugewiesen. Rechtlich umstritten war das von Anfang an. Nun wird dieses Vorgehen am 15. November vom Bundesverfassungsgericht gekippt. Damit fehlen 60 Mrd. Euro zur Finanzierung der wichtigsten Zukunftsaufgaben. Ein großes Hauen und Stechen in Budgetfragen setzt in der Ampel-Regierung ein. Für Finanzminister Lindner ist dabei die Schuldenbremse eine Heilige Kuh, alle denkbaren und durchaus legalen Umgehungsstrategien lehnt er entschieden ab. Ein Dauerthema für das kommende Jahr.

Kult und Kader. Der Freundeskreis von Sahra Wagenknecht ist ab dem 8. Januar eine Partei, in Kaderpartei-Manier gegründet von ganzen 44 hand- bzw. sahraverlesenen Personen. Die Partei behält den alten personenkultigen Vereinsnamen bei: Bündnis Sahra Wagenknecht (BSW). Euphemisten bezeichnen den Zirkel immer noch als linkspopulistisch. Doch Marxismus, Leninismus etc., das war gestern. Dem Sahrismus gehört die Zukunft. Klingt nach Zarismus? Macht nichts, schon gar nicht angesichts der bevorstehenden Wahlen im Osten. Dort vermengt man, u. a. aus Einheitsfrust, verklärte Erinnerungen an eine angebliche Völkerfreundschaft gerne mit Sympathie für ein System Putin, das Räuberkapitalismus, Autokratie und Imperialismus miteinander verbindet. Da kann Wagenknechts Vergangenheit als Vorsitzende bei der UdSSR-nostalgischen Kommunistischen Plattform nichts schaden. Ein Aufschwung Ost, wie man ihn noch nicht gesehen hat, erwartet das BSW und seine Große Vorsitzende.

Das ist der Gipfel. Der Weltklima-Gipfel findet dieses Mal in Abu Dhabi statt. Den Vorsitz hat der Minister für Industrie und Fortschrittstechnologien der Vereinigten Arabischen Emirate. Dieser ist zugleich CEO der Abu Dhabi National Oil Company. Da kann es nicht verwundern, dass die Umweltverbände am Ende ein klares Bekenntnis zum Ausstieg aus den fossilen Energien vermissen. Überraschender ist, dass sie – und auch die Bundesregierung – das Gesamtergebnis durchaus positiv beurteilen.

W. F.

Die kommen aus ganz Deutschland?! Ganz schöner Spritverbrauch!
Solange der Diesel noch bezahlbar ist!

KS 23
Sie möchten neu wählen?
Ich muss!

Autosuggestion (Am Vorabend seines Parteitagauftritts)

Vor dem Karlsruher Urteil

Nach dem Karlsruher Urteil

Haushaltsverhandlungen ...

Deutscher Finanzminister

Selfie 2021
Selfie 2023

Schneemann bauen im Kanzleramt ...

Klimaerwärmung?! Na super! Und ich glaub das auch noch! Und zieh keine Winterreifen auf!
KS 23

Erwarten noch mehr Regen!
Immerhin gut für's Grundwasser!
Das WETTER
KS 23

KS 23
Vergangenheit...
...und Zukunft

Personenkult? Wie kommen Sie denn da drauf?!
Sahra-Wagenknecht-Partei
KS 23

Saudi-Arabien ist als einziger Bewerber für die WM 2034 übrig geblieben! Alle anderen haben wir abgesägt!
FIFA
Eigentümer: Mohammed bin Salman
KS 23

Kompromisse bei der Weltklimakonferenz ...

Die illegale Migration von der Erde hierher scheint vorerst gestoppt! Eine Trägerrakete des kriminellen Schleuser-bandenchefs Musk ist gerade explodiert!
Geil!
KS 23

Endlich Asylverfahren außerhalb Europas!

Die nächste Polarisierung in Deutschland...

Der Zug verspätet sich aufgrund von Gleisarbeiten!
Der Zug verspätet sich aufgrund eines kaputten Stellwerks!
Der Zug verspätet sich aufgrund von Personen auf der Strecke!
Der Zug verspätet sich aufgrund einer defekten Klimaanlage!
Der Zug verspätet sich aufgrund eines GDL-Streiks!
Toll! Mal was anderes!

Rückblick und Ausblick

Schändlich, dieser Umgang mit deutscher Leitkultur!

Januar

Bahnbrechend. Was für ein protest- und demonstrationsintensiver Monat. Die einen verlassen den Acker, die anderen die Schiene zugunsten der Straße. Der Erfolg der Bauern – wohl eher ein Pyrrhus-Sieg. GdL-Chef Weselsky spricht dagegen sicher zu Recht von „Erfolg fast auf der ganzen Linie“ für seine Lokführer: Es gibt raschen Inflationsausgleich durch Prämien und Lohnsteigerungen in beträchtlicher Höhe, v. a. aber eine flexibel gestaltbare Senkung der Regelarbeitszeit auf 35 Stunden bis 2029. Das ist innovativ und steigert die Attraktivität des Berufs.

Wer D sagt, muss auch B sagen. Da sage einer, die Deutsche Bahn sei nicht zuverlässig. Dabei liefert keine zweite Institution Satirikern aller Sparten und Tendenzen mit so schöner Regelmäßigkeit so viele Anlässe für Spott und Hohn. 2024 könnte ein Spitzenjahrgang werden. In den Kabaretts genügt es seit langem, die beiden Buchstaben D + B hintereinander auszusprechen, um einen sicheren Lacherfolg zu erzielen.

Wehret dem Fortschreiten – über Anfänge sind wir ja weit hinaus. Nicht nur für die Verbesserung der eigenen Lage gehen die Menschen auf die Straße. Ein Treffen von Rechtsextremisten, die unser Land nicht nur vor neuen „Migrantenfluten“ bewahren, sondern die von ihnen behauptete Überfremdung durch keusch als „Remigration“ bezeichnete Massenabschiebungen beseitigen wollen, löst im ganzen Land unerwartet zahlreiche Demonstrationen mit überraschend vielen Teilnehmern aus. Die lange lethargisch wirkende Zivilgesellschaft scheint endlich aufzustehen gegen rassistische Hetze und Fremdenhass.

Iwo Jima. Das nachgestellte Foto von der Eroberung der japanischen Insel Iwo Jima am Ende des 2. Weltkriegs ist zur international verbreiteten Ikone geworden, zu einem positiven Symbol des Siegs des „Guten“ über das „Böse“, des Triumphs von Demokratie und Fortschritt, verkörpert durch die USA. Doch die Vorzeichen verkehren sich, wenn „America first“ bei den Wahlen im November tatsächlich fatale Urständ feiert. Und auch King Kong, das am Ende eher Mitgefühl heischende Ungetüm, ist dann nur noch eines: monströs. Trumps Auftaktsieg in Iowa, dem traditionellen Barometer für den Ausgang der Vorwahlen, gibt den schlimmsten Befürchtungen Nahrung.

Koalition mit Kollision (Totalschaden nicht ausgeschlossen). Kanzler, Vizekanzler und Finanzminister sind bereits im letzten Jahresband als „Die drei von der Zankstelle“ aufgetreten. Das war aber nur ein Vorspiel zum Spektakel, das nun ganzjährig auf dem Programm steht. Die wesentlichen Knackpunkte in geraffter Form: Die SPD besteht auf einer weiteren Reform des Sozialstaats, die Geld kostet (Stichworte u. a.: Bürgergeld und Kindergrundsicherung), die Grünen widersetzen sich Abstrichen v. a. bei der Energiewende, deren Finanzierungsbasis per Gerichtsurteil beseitigt wurde. Beide Parteien streben daher nach Änderungen bei der Schuldenbremse, die von ihrem liberalen Partner ebenso zum Tabu erklärt wird wie höhere Belastungen für besser Verdienende und Erben großer Vermögen. Das fetzt nicht, aber man fetzt sich.

W. F.

Dreikönigstreffen

Panik an der Börse

Kanzler kommuniziert mit Öffentlichkeit

Berliner Dschungelcamp:
ICH BIN EIN STAR - HOLT MICH HIER RAUS !
#
Christian
Olaf
Robert

War noch so eine Forderung der Bauern!

Nach Bauern und LKW-Fahrern:

Wenn dann mal wieder die Piloten sauer sind...

Du meinst, da könnte noch ein Zug kommen?!
Der Streik hat doch bestimmt Verspätung!
KS 24

In ein paar Jahren:
Das weltgrößte Kreuzfahrtschiff kurz vor der Jungfernfahrt! Momentan ankert es mit dem Bug noch in Hamburg und mit dem Heck in New York!

Bei Höckes und Weidels zuhause ...

Millionen Ausländer, Migranten und Nichtarier vertreiben? Na und – das wäre auch nur wieder ein Vogelschiss in der Geschichte!
AfD
KG 24

Neuer Plagiatsskandal in Deutschland

Brave new world!

Wertebasierte Außenpolitik

Suche den Unterschied!
Missbrauch bei den Katholiken
Missbrauch bei den Protestanten

Februar

Den Gürtel enger schnallen! Der v. a. in Berlin tätige Feinkosthändler Butter Lindner backt künftig kleinere Brötchen. Butter bei die Fische erübrigt sich sowieso, weil Fisch zu teuer ist. Luxusprodukte wie Umweltschutz, Bildung, Energiewende und Sozialklimbim müssen gestrichen werden. Andernfalls müsste man ja ran an die Schuldenbremse. Nicht mit Lindner, der seiner Partei lieber die noch nicht dagewesene Rolle einer koalitionsinternen Sperrminorität zuweist.

Pax vobiscum? Der Frieden hat's nicht leicht in dieser Zeit. Da gibt es zum einen die scheinheiligen Friedensfreunde, deren Kriegsgegnerschaft ohne jegliche Kritik am Aggressor auskommt. Frieden schaffen durch den Triumph der Angreiferwaffen, lautet das Programm. Als Friedensdividende winken niedrigere Heizungsabrechnungen. Auch nicht zu verachten. Und dann gibt es die einstigen Ökopaxe, die durch die russische Aggression von Tauben zu Falken geworden sind. Je klarer die Fundi-Vergangenheit, desto martialischer die Rhetorik von heute. Und auch in den alten Volksparteien, von denen die eine sich anscheinend bald ein neues Volk suchen muss, scheint niemand an realistischen Friedensinitiativen zu arbeiten. Lautstarkes Schweigen auf allen einschlägigen Kanälen. Dagegen hilft auch kein Ohropax. Aber was dann?

Üble Deals. Die Vorstellung einer NATO-Mitgliedschaft der bislang so eindeutig auf Neutralität beharrenden Skandinavier hätten noch vor wenigen Jahren alle Mitglieder des Bündnisses als Fata Morgana betrachtet. Aber nach dem russischen Überfall auf die Ukraine beantragen Finnland und Schweden die Aufnahme, doch legen sich nun Orbans Ungarn und Erdogans Türkei quer. Nicht deren Putin-Nähe ist dabei das Hauptproblem, es geht nicht einmal um Außen- und Verteidigungspolitik, sondern schlicht und einfach um Erpressung, um Nachsicht gegenüber Korruption, bei Verstößen gegen Rechtsstaatlichkeit und Verfolgung von Oppositionellen und Minderheiten.

Schöne neue Welt. Elon Musk hat nicht nur die Auto-Industrie revolutioniert, jetzt will er uns auch den neuen Menschen bescheren. Und er wird nicht der einzige bleiben, der eine augmented mankind, schaffen will, genauer gesagt sogar eine unendliche Zahl von neuen Gattungen, kombiniert aus Mensch und Elektronik. Geschlechtsumwandlungen sind für Musk Teufelswerk, aber diese künftigen Homunculi betrachtet er als Werke des Fortschritts. Und niemand sollte daran zweifeln: Was technisch möglich ist, wird auch realisiert werden. Ob nun zuerst in den USA oder in China, das ist eher eine zweitrangige Frage. Angesichts solcher Perspektiven erscheinen alle derzeitigen Menschheitsprobleme schon weit weniger bedrohlich. Eine wirkliche Beruhigung ist das freilich nicht.

Biden-Netanyahu – ein Dialog unter Tauben. Naja, nicht ganz, denn einer ist gewiss den Falken zuzurechnen und lässt sich von seinem großen amerikanischen Bruder nicht im geringsten in militärische Angelegenheiten hineinreden.

W. F

Das übliche Arbeitsessen im Kanzleramt ...

Lindners Plan ...

Nach Bahn, Flughäfen und Nahverkehr:

Boah ey, was wär hier erst los, wenn alle noch einen Traktor mitgebracht hätten!
Nie wieder ist jetzt!
Gegen rechts!

KS 24
Für mich einen neuen Dienstwagen. Und für Annalena eine neue Flugbereitschaft!
Zeitenwende ...

Ohne Leopard hat die Ukraine keine Chance!!
Oh, sorry, wir meinten natürlich:
Ohne Taurus hat die Ukraine keine Chance!!

Krass! Wenn die Schweden bei uns in der NATO sind, kriegen wir auf die Billy-Regale 20% Rabatt!
KS 24

Der Orban wieder! Hat sich festgeklebt!
Warten wir halt, bis das Eis schmilzt!
SVERIGE
Via NATO
KS 24

Böse NATO! Schnapp sie dir, mein lieber Wladimir!
KS 24
Z

Trump ist für mich! Kim Jong Un ist für mich! Xi ist für mich! Die Mullahs sind für mich! Orban ist für mich! Die deutschen Rechten und Nazis sind für mich! Und das Bündnis Sahra Wagenknecht ist für mich! HOCH DIE INTERNATIONALE SOLIDARITÄT!
KS 24
Z

Warum lässt Elon Musk Menschen Chips ins Gehirn pflanzen?
Früher wollte man Menschen durch Roboter ersetzen.
Jetzt will man Menschen durch Menschen ersetzen.

Hey, Mr. Biden, hier ist das Büro Netanjahu. Haben Sie Fragen zum Gaza-Krieg, drücken Sie die Eins. Haben Sie Reklamationen, drücken Sie die Zwei. Wollen Sie sonst irgendwas sagen, drücken Sie die Drei. Zur Zeit sind leider alle Mitarbeiter im Gespräch!
KS 24

Wir drückten stundenlang gemeinsam beide Daumen…
… dass Trump es nicht schafft!
KS 24

Nikki Haley gibt nicht auf …

März

Sternchen-Stunden der Legislative. Bayern hat es für nötig gehalten, ein Gesetz gegen das Gendern zu verabschieden. Zugegeben: In ihren gerne exzessiven und obsessiven Formen empfinden viele diese Umgestaltung, wenn nicht gar Vergewaltigung der Sprache als grotesk. Aber müssen deshalb die Gendersternchen am Stammtisch geradezu zur Bedrohung des Abendlands hochstilisiert werden? Das lässt sich wohl nur als Reflex eines bedrohten Patriarchats verstehen, zu dessen Hochburgen das bayrische Bierzelt gehört, die Heimat der Söder-Merz-Aiwanger. Auch und vielleicht gerade, weil Dirndl dort durchaus gern gesehen sind.

Unbedingt abhörbereit. Russland könnte möglicherweise viel Geld sparen. Das ganze Heer an Hackern und Desinformationsexperten, das Moskau unterhält, könnte vermutlich erheblich reduziert werden, jedenfalls solange deutsche Generäle sich weiterhin auf ungeschützten Kanälen über den möglichen Einsatz von Taurus-Marschflugkörpern in der Ukraine austauschen.

Das ist der Gipfel. Die Atomkraft soll von der EU ab dem nächsten Gipfel so gefördert werden wie die erneuerbaren Energien. Das Argument ist die unbestreitbare CO2-Vermeidung. Die Möglichkeit von Katastrophen wie die technisch ungesicherte und gesichert extrem kostspielige Entsorgung lässt man unter den Tisch fallen. In Frankreich, dem am meisten nuklearisierten Land der Welt, tut man so, als stünde der Rohstoff wie ein heimischer zur stets problemlosen Verfügung. Dabei kommt ein erheblicher Teil aus afrikanischen Staaten, die inzwischen den Export nach Frankreich untersagen, und aus Kasachstan, wo der Abbau aparterweise durch eine Firma namens Rosatom erfolgt, sprich durch ein russisches Unternehmen.

„Russland wählt“ – Das war er schon, der Witz des Monats. Oppositionelle Kandidaten waren schon im letzten Dezember von der Wahlkommission nicht zugelassen worden und die Medienpropaganda singt ohnehin permanent das Lob des ewigen Präsidenten. Auch wenn diese Abstimmung bloß eine Farce war, gehen die meisten politischen Beobachter durchaus von der fortdauernden Popularität des Präsidenten aus.

Seniorentreffen. Wie gerne lachten wir doch über die russische Gerontokratie mit Breschnew, Tschernenko, Andropov & Co. Nun heißen die Vorwahl-Favoriten in den USA Biden und Trump und sind 78 und 81 Jahre alt. Der eine ist mental sichtlich nicht mehr fit, der andere war es wohl nie; dass sein Vokabular geringer ist als das eines mäßigen Grundschülers, zeugt auch nicht unbedingt von jugendlicher Frische. Da kann einem das Lachen schon vergehen.

Krass. Nach dem Anschlag von Krasnogorsk gibt es ein Bekennerschreiben des IS, des Islamischen Staates, und jede Menge Hinweise, die auf diesen Täterkreis deuten, aber Moskau bleibt bei seiner These von der ukrainischen Urheberschaft oder zumindest Beteiligung. Propaganda first, Täterermittlung ist sekundär.

Bedingt flugtauglich. Für den Wettbewerber Airbus mag das ein Geschenk des Himmels sein, für die reisende Menschheit ist es alles andere als das, sondern ein himmelschreiender Skandal, eine opferreiche Tragödie. Der ruhmreiche Flugzeughersteller Boeing hat immer wieder mal den Verlust von einzelnen Flugzeugteilen zu verzeichnen. Zuletzt ist man wieder hart an einer Katastrophe vorbeigeschrammt. So glimpflich geht das leider nicht immer ab.

W. F.

In Berlin ist der Frauentag ein Feiertag...

Zielfahndung in Bayern ...

Die Armut wird größer und größer!
Es gibt eben doch noch Wachstum in Deutschland!
KS 24

Nein! Nein! Nein!
Der junge Mann streikt wohl!
Er will mal Lokführer werden!

Wir hören jetzt auf mit der Festkleberei!
LETZTE GENERATION
Mir doch egal! Ich nicht!
TAURUS

DEM DEUTSCHEN VOLKE
Reichsbürger, Identitäre, Nazis im Bundestag?! Wie ist das möglich?
AfD

Ein leidenschaftlicher Follower

Atomgipfel in Brüssel: Hoffen auf neue Energiewende

Macht euer Kreuz an der richtigen Stelle! Wählt wieder euren Wladimir!
KS 24

Russland wählt ...

Super Tuesday – Der Showdown beginnt ...

Hamse ma 'n paar hundert Millionen Dollar für 'nen erfolgreichen Geschäftsmann?
KS 24

Zum Glück kein IS-Terror! Nur ganz normale russische Raketen!
KIEW

Da fliegt eine Boeing!
Woran erkennst du das?
KS 24

April

Zuwanderung. Botswana betrachtet die von seinen immerhin 130 000 Elefanten verursachten Schäden als Landplage und will viele Tiere zum Abschuss freigeben, was von der Bundesregierung heftig kritisiert wird. Das Land antwortet mit dem Angebot, 20 000 Dickhäuter nach Deutschland zu schicken. Das wird unseren Arbeitskräftemangel nicht wesentlich verringern.

Alternative für China und Russland. Petr Bystron, Nummer 2 auf der Liste der AfD für die Europa-Wahlen steht in dringendem Verdacht, für den russischen Geheimdienst zu arbeiten. Spitzenkandidat Maximilian Krah beschäftigt einen Mitarbeiter, der schon lange im Verdacht einschlägiger Tätigkeit für China steht. Beide erhalten von ihrer Partei Auftrittsverbot im Wahlkampf. Dem Erfolg der AfD wird das alles nicht im Wege stehen. Wer in der Welt alternativer Fakten lebt und sich von Fake-News nährt, bleibt eben unerreichbar für Informationen aus der realen Welt. So werden beide Abgeordnete ihr segensreiches Wirken in Brüssel fortsetzen können.

Dirty birthday. Einst war Gerhard Schröder ein ziemlich rabiater Juso-Vorsitzender, dann „Kanzler der Bosse". Kaum abgewählt, fand er einen neuen Boss in Moskau. Mit der Bombardierung Belgrads und anderer Städte hatte er die Bundeswehr in ihren ersten Auslandseinsatz ohne UN-Auftrag geführt. Begründet wurde das seinerzeit mit der moralischen Notwendigkeit, eine blutige Diktatur zu stürzen. Als Putin Jahre später aus eher heiterem Himmel die Krim annektierte, rechtfertigte der Altkanzler das mit dem Hinweis auf das völkerrechtswidrige Vorgehen seiner eigenen Regierung gegen Serbien, nach dem Motto: „Haben wir doch auch gemacht." Am 7. dieses Monats wurde der Zyniker 80.

Ungewohnt konsequent. Der Kanzler funktionierte bislang nach dem Schema: Das gewünschte Waffensystem A oder B können wir der Ukraine nicht liefern, sonst laufen wir Gefahr, zur Kriegspartei zu werden. Ca. eine Woche später stimmte er der Lieferung zu. Bei Taurus ist das erstmals anders, es ist ja auch wahrlich ein Riesending und kein Mini-Taurus.

Hornberg im Nahen Osten? Wohl leider nicht. Sage und schreibe 200 Raketen hat der Iran in Richtung Israel gefeuert. Laut israelischen Berichten wurden sie größtenteils abgefangen. Der Iran spricht trotzdem allen Ernstes von einer erfolgreichen Machtdemonstration. Dass derartige Warnschüsse Israel eher zu Angriffen auf den Iran ermuntern, im Extremfall sogar auf dessen Atomanlagen, pfeifen indes alle Iron Dome-Spatzen von den nahöstlichen Dächern. Dieses Schießen würde weiß Allah und Jehovah anders ausgehen als einst im Württembergischen.

„3-2-1- Fire" – und Elons Musks nächste SpaceX-Rakete hebt ab! Seit Jahresbeginn läuft alles wie am Schnürchen. Nicht so bei Tesla, Musks E-Auto-Firma, die sich nicht vom Boden der Tatsachen lösen kann, und das sind die Absatzschwierigkeiten. Auch bei der noch im Aufbau befindlichen Giga-Factory im Brandenburgischen Grünheide ist die Rede vom Abbau von 400 festen Arbeitsplätzen, nachdem bei den Leiharbeitern schon erheblich reduziert wurde. „Hire" und „fire" gehen ineinander über.

W. F.

In Deutschland 20 000 bedrohte Elefanten aufnehmen ?!
Das schaffen wir!

Zoo-handlung?
Galeria Karstadt Kaufhof
KS 24

Immer dieses Aprilwetter!

Punkt 1: Keinen Bock mehr!
Punkt 2: Keinen Bock mehr!
Punkt 3: Keinen Bock mehr!
Punkt 4: Keinen Bock mehr!
Punkt 5: Keinen Bock mehr!
Punkt 6: Keinen Bock mehr!
Punkt 7: Keinen Bock mehr!
Punkt 8: Keinen Bock mehr!
Punkt 9: Keinen Bock mehr!
Punkt 10: Keinen Bock mehr!
Punkt 11: Keinen Bock mehr!
Punkt 12: Keinen Bock mehr!
FDP
Unser 12-Punkte-Plan

Die neuen Parolen der AfD?

Happy Birthday, Gerhard Schröder!

Der Kanzler und die Taurusdiskussion

Hoffen und Bangen

Wieder ein Dorf vollständig befreit!

Die Spionage-tätigkeit der Russen und Chinesen: Schlimm!
Ganz, ganz schlimm!
CIA
BND
NSA
MI6
KS 24

Schwierig:

Und dabei das Gesicht wahren!
(Um einen Krieg zu vermeiden)

War natürlich alles so geplant

10 000 Kündigungen

Vater Staat mal
in großem Stil abzocken,
Steuergelder krallen,
Kohle machen – wie
geht das?
Ruf den Scheuer an,
der ist jetzt Berater!

KS 24
Mir kennet älles außer Hochdeutsch! Dafür gibts abor jezt ja die KI!
Glücklicher Schwabe!

Immer mehr Balkonkraftwerke in Deutschland
KS 24

Okay! Einverstanden! Machen wir! Aber nur an den Wochentagen mit Fahrverbot!
100
Tempo-limit
KS 24

Immer diese Panikmache!

Mai

Wenn das der Kaiser wüsste! Einst gab es einen regelrechten Wettlauf um den Trainerposten beim FC Bayern. Inzwischen ist dort aber so sehr die Luft raus, dass der Verein selbst aktiv auf Trainersuche gehen muss. Sollte da eine Ära zu Ende gehen?

Hoffnungsschimmer? Die SPD hat kein Führungsproblem. Sie steht fest zum Kanzler. So heißt es gebetsmühlenartig in jedem Interview in den Medien. Und Scholz freut sich natürlich unbändig über die Popularität seines Kriegsertüchtigungs-, pardon: seines Verteidigungsministers. Viele in der Partei sehen diesen freilich bereits als Nachfolger, nicht wegen seiner Politik, sondern aufgrund seiner Umfragewerte.

„Böse Menschen haben keine Lieder", heißt es (nach Gottfried Seume)? Dann klauen sie die eben einfach. Gigi d'Agostinos Erfolgssong „L'Amour toujours" wird von Rechtsextremen zu ausländerfeindlichen Hassbotschaften umgetextet. Gerne wird hierzulande auch „Ausländer raus, Deutschland den Deutschen" dazu gegrölt. Der UEFA, die eine Ewigkeit brauchte, bevor sie sich von der Notwendigkeit von Initiativen gegen Rassismus und Antisemitismus überzeugen ließ, fiel nichts Besseres ein, als den Song zu verbieten. Das ist halt einfacher, als die in den Fan-Clubs nach wie vor grassierende Xenophobie systematisch zu bekämpfen. Wer mehr über die ach so völkerverbindende und den Frieden fördernde Wirkung des Sports wissen möchte, betrachte den BvB: Bei den Dortmundern steigt jetzt Rheinmetall als Sponsor ein. Mal sehen, ob das mehr die Verteidigung oder den Angriff stärkt.

Verteufelt orthodox. Im Kreml legt – eine Verfassungsänderung macht's möglich – Dauerherrscher Wladimir der Große einmal mehr den Amtseid ab. Patriarch Kirill segnet das per Gottesdienst feierlich ab, vergessen der einstmalige KGB-Agent eines eher weniger religiösen Systems. Die Verbindung von Thron und Alter funktioniert wie zu Zeiten der deutschen Prinzessin und dann opportun konvertierten Langzeit-Herrscherin Katharina, die Putin vielleicht noch ein-, ja überzuholen gedenkt. Deren Wertschätzung der Aufklärung war allerdings entschieden glaubwürdiger als Putins Instrumentalisierung der Philosophie Kants, wie zuletzt im April zu dessen 300. Geburtstag.

Trump der Erste. Donald Trump ist seit diesem Monat der erste ehemalige Präsident der Vereinigten Staaten, der in einem Strafprozess verurteilt wurde. Wenn das nicht der definitive Beweis für eine Verschwörung der Justiz gegen ihn ist!

Ende einer Dienstreise. Der iranische Regierungschef Raisi kommt bei einem Flugzeugabsturz ums Leben. Ein Scharfmacher und Blutsäufer der schlimmsten Art. Wie es scheint, hat die iranische Führung leider keinen Mangel an passendem Ersatz. Nun sollen rasch Wahlen stattfinden – was immer das heißen mag angesichts der Oberaufsicht des Wächterrats der Revolution und von Imam Chamenei. Der schließlich gewählte Nachfolger gilt als weniger radikal als sein Vorgänger. Doch welchen Spielraum hat er überhaupt?

W.F.

Wir haben gehört, hier gäb' es noch jemanden, der eventuell dazu bereit wäre, bei uns als Trainer anzufangen?!
TSV Hintertupfingen
FC BAYERN MÜNCHEN
'24

Ab jetzt kriegstauglich …

Klare Verhältnisse in der SPD

Der nächste Schritt zur Kriegsertüchtigung

Haushaltsberatung

Die roten Linien in der Koalition

KS 24
Was ist für Sie, Herr Lindner, die wichtigste Errungenschaft unseres Grundgesetzes? Der Wille zu Demokratie, Freiheit, Gleichheit und Frieden? Das Recht auf Leben und Menschenwürde? Das Recht auf Meinungs- und Pressefreiheit? Oder das Recht auf Glaubens- und Gewissensfreiheit?
Die Schuldenbremse natürlich!

Ich hätte da noch einen 13-Punkte-Plan zur Kurswende...!
AMPEL
KS 24

Dass ich das noch mal erleben muss, mich klamm-heimlich über Wahlsiege der CDU zu freuen!
ATOMKRAFT NEIN DANKE
Kein Durchmarsch der AfD in Thüringen!
KS 24

Friedrich Merz:
Das neue CDU-Grundsatzprogramm
KS 24

KS 24
Der Patient liegt im Koma. Er ist noch nicht tot. Das kriegen wir schon hin!
Krankenhauswesen

Wir fordern, diesen Song des Italieners Gigi D'Agostini sofort zu verbieten!
Man sollte "Ausländer raus!" nur noch mit deutschem Liedgut grölen dürfen!!
AfD
KS 24

AfD
Geil! Wir sind präsent in allen Medien! Sie können uns und unsere Werte nicht mehr totschweigen!
Höcke: Nazisprüche
Krah: Spionage? Geldwäsche?
Bystron: Bestechlichkeit? Schmiergelder
Gnauck Rechtsextremismus?
Malemba: Korruption Volksverhetzung Geldwäsche

Einer, der es besser weiß...

7. Mai – Heiligsprechung in Moskau

Staatskarosse der neuen Art …

Netanjahu goes to Rafah:

Stopschilder pflastern seinen Weg

Und was schickt uns der Westen? Neue Waffen? Neue Munition?
Neue Versprechen!
KS 24

Wer nicht mehr um Raisi trauern kann: Seine Opfer

Wozu Wehrpflicht?

Naturschutz in Grünheide

Juni

Öffentliches Ärgernis Nummer 1. Stuttgart 21 ist wieder in den Schlagzeilen, soll nun erst 2026 fertig werden und (laut tagesschau.de) mindestens 6,5 Mrd. € kosten. Viele Experten sehen eher 10 Mrd. und mehr. Demgegenüber sollen die Kosten für die Riedbahn zwischen Frankfurt und Mannheim laut DB nur 1,3 Mrd. betragen. Das wird nicht eingehalten werden. Klar ist gleichwohl, dass dieses Projekt längst hätte durchgeführt werden können und müssen. Und nicht erst jetzt, zeitgleich mit zahlreichen anderen Maßnahmen, die in der Summe zum wiederholten landesweiten Kollaps des Systems führen. Unter anderem erreichen deshalb zahlreiche Fußball-Fans bei der EM nicht rechtzeitig die Stadien: teure Negativwerbung für das Land statt Sommermärchen. Der Koch Vatel nahm sich einst das Leben, weil eine Lieferung von Fischen nicht rechtzeitig zu einem Festmahl für den König von Frankreich eingetroffen war. Die DB-Manager genehmigen sich in vergleichbaren Fällen eine Sonderprämie. Andere Zeiten, andere Sitten.

An ihrer Sprache sollt ihr sie erkennen. Es gab mal Zeiten, da sprach man in diesem Land von nötiger „Abwehrbereitschaft“. Inzwischen muss man laut Verteidigungsminister Boris Pistorius „kriegstüchtig“ sein. Damit kann man gar nicht früh genug anfangen. Für unsere lieben Kleinen sollte man zumindest wieder Matrosenanzüge vorsehen. War doch sehr kleidsam zu Kaisers Zeiten. Die Sprachreform à la Pistorius erregt übrigens entschieden weniger öffentliches Ärgernis als etwa das Gendern. Noch vor ein paar Jahren hätten Intellektuelle und Friedensbewegte auf Derartiges entschieden empfindlicher reagiert.

Flutopfer, I. In der deutschen Politik wirken Flutkatastrophen erstaunlich oft als Karrierebeschleuniger – oder auch -beender. Matthias Platzeck stieg 1997 als Deichgraf an der Oder zum populärsten Politiker in Brandenburg auf. Gerhard Schröder gewann 2002 aufgrund seiner Dauerpräsenz an der Elbe gegen den bis dahin hohen Favoriten Edmund Stoiber, der während der Flutkatastrophe allzu lange im Urlaub blieb. Und zuletzt kostete Armin Laschet sein Lachen während einer Gedenkveranstaltung für die Opfer der Ahr-Katastrophe die Kanzlerschaft. Dieses Jahr fällt keine Polit-Karriere ins Wasser von Oder, Neiße oder Elbe.

Europa-Qualen. Der Aufstieg der, vorsichtig formuliert, populistischen Rechten in Europa wie die Zugewinne der Konservativen waren ebenso vorhersehbar wie der Niedergang der Grünen. Weil das in fast allen Ländern der Gemeinschaft so ist, wird beides fast wie ein Naturereignis registriert. So wie auf Sylt kein (Dünen-)Kraut gegen die ansteigende Nordsee gewachsen ist, zeigen rechtsradikale Vorfälle in einem Nobelclub der Insel, dass allerorts Dämme brechen. Und schon im ersten Halbjahr hatten Bauernproteste die weitgehende Rücknahme ökologischer Reformen zur Folge. Umweltschutz wird von vielen wieder als Luxus betrachtet, den man sich zurzeit leider nicht leisten kann. Der Absturz der deutschen Ampel-Koalitionäre verweist auf zusätzliche hausgemachte Probleme.

W. F.

Neuer Käpt'n, neues Glück!

KS 24
Uns übernommen mit Stuttgart 21? So ein Quatsch!
DB

Die Menschheit hat der Erde den Krieg erklärt. Und die wehrt sich jetzt mit schweren Waffen: Unwetter, Hitze, Dürre, Brände, Überschwemmungen, Seuchen, Hunger!
Gibt es da denn nicht den Versuch einer diplomatischen Lösung?
UN-Weltklima-Berichte:
KS 24

Geschenke von Pistorius zur Einstimmung!
KS 24

Immerhin gibt es keine ausgetrockneten Flussbetten mehr!
Ist das dann das Ende der Klimakatrastrophe? Oder der Anfang?
KS 24

Was noch kommt

Lehren ziehen aus der Geschichte ...

Mann mit Prinzipien

Kommt jetzt der Rechtsruck?

Zugegeben, die Luft ist etwas raus!
Ampel

SPD - Wahlkampf

KS 24
Das Klima? Und der Umweltschutz?! Haben die gewonnen oder verloren?!
EU-Wahl

Seniorenheim
"Feierabend"
Ich bin die Friedensbewegung. Und du?
Die Klimaschutz-bewegung!
KS 24

Mallorca →
Abflug →
Departures
Was willst du dir angucken? Palma? Ballermann? Oder Cap de Formentor?
Die Demos gegen den Massentourismus!

Fordern wir eigentlich mehr Schienenausbau oder mehr Autobahnausbau?
Beides. Für Massendeportationen brauchen wir beides!
Höcke
KS 24

Man weiß jetzt gar nicht, wem man die Daumen drücken soll, ...
... wo doch die Russen nicht dabei sind!
EM 2024

Caspar David Friedrich: Zwei Männer in Betrachtung des Mondes

Caspar-David-Friedrich-Jahr

Juli

Olympisches Feuer. Dem französischen Philosophen Paul Ricoeur verdanken wir eine Theorie der Interpretation. Sein ehemaliger Mitarbeiter Emmanuel Macron hat diese für politische Ereignisse fortentwickelt. Deren Kerngedanke: Wenn die Realität den Auffassungen von Macron widerspricht, hat sie Unrecht und nicht der Präsident. Sie muss eben entsprechend uminterpretiert werden. Das kann er perfekt, der Präsident mit Abschluss in Philosophie. Deshalb kann er auch erst einmal während der gesamten Dauer der Olympischen Spiele darauf verzichten, Konsequenzen aus seiner sehr realen Wahlschlappe zu ziehen. Erst wird gefeiert – und das gelingt auch überraschend gut. Das Konzept von Spielen in der Stadt (statt nur in Stadien) geht auf. Ein Sommermärchen in großem Stil, ganz nach Macrons Geschmack. Doch am Ende wird die harte politische Realität auch den „Jupiter-Präsidenten" (so seine Selbstbezeichnung) vom Olymp auf den Boden der Tatsachen zurückholen.

Ami, get your gun (nach dem Musical „Annie get your gun" von Irving Berlin). Auf Donald Trump wird auf dem Parteitag der Republikaner ein Attentat verübt. Er reagiert äußerst cool und weiß den Vorfall bestens für seine Zwecke zu instrumentalisieren. Der GröPaZ, der größte Präsident aller Zeiten, erscheint als Geschenk des Himmels, als von Gott Auserwählter. Seine Nominierung als offizieller Kandidat wird zur Salbung, zur vorgezogenen Krönungsmesse. Wie nicht anders zu erwarten, fordert die Rechte nun erst recht die Selbstbewaffnung aller Amerikaner – Bürgerkriegsertüchtigung zum Schutz vor Attentaten. Wen wundert's, dass kurz danach der nächste Attentatsversuch zu verzeichnen ist, wie üblich mit Feuerwaffen?

Ein neues Spiel. Plötzlich ist alles anders. Gegen den senil-tapsigen Ü-80-Kandidaten Biden hatte er leichtes Spiel, der dynamische Endsiebziger Donald T. Das Rennen schien gelaufen. Doch der Rückzug von Old Joe ist ein echter game changer. Plötzlich ist wieder alles offen.

Friedensmissionar. Viktor Orban begibt sich auf eine sog. „Friedensreise" nach Moskau. Er tut das angeblich im Dienste Europas, weil Ungarn ja seit Anfang des Monats für sechs Monate den Vorsitz im Rat führt. Tatsächlich dient sein Dauerflirt mit Moskau allein ungarischen bzw. eigenen Interessen und wird von der Mehrheit der Staaten und ganz explizit auch von der EU-Kommission klar verurteilt. – Konsequenterweise reist Orban dann auch nach Mar-el-Lago, zu seinem anderen Paten, Donald Trump.

Untergang mit Ansage. Rishi Sunak hatte mit seinen klassisch konservativen Rezepten wohl nie die Chance, mehr zu sein als der Organisator des (vorübergehenden) Untergangs seiner eigenen Partei. Zu sehr hatten vor allem die Lügen und Skandale eines Boris Johnson das Image der Partei beschädigt. Die Labour Party erzielt bei den Unterhauswahlen zwar nur geringfügige Stimmengewinne. Dank der Zuwächse der Liberaldemokraten und der rechtspopulistischen „Reform UK" von Nagel Farage kann sie trotzdem die Zahl ihrer Sitze verdoppeln. Ihr Vorsitzender Keir Starmer wird nach 14 Jahren konservativ geführter Regierungen neuer Premierminister.

W. F.

Allseits schöne Ferien!

Die Ampel reagiert...

PARIS
UKRAINE
NAHOST
Gänsehautgefühl! Überall olympisches Feuer!
KS 24

Alles sauber! Keine Spritzen, Ampullen, Pillen oder Blutbeutel im Wasser! Die Schwimmwettbewerbe können beginnen!
KS 24

Es hätte noch schlimmer kommen können

Es wird schon alles wieder gut in Amerika.

Die Heilige Messe der Republikaner

Gaunertreffen in Mar-a-Lago

Wir bitten die Welt, nach 20°° Uhr nicht mehr mit Kriegen, Terroranschlägen oder Naturkatastrophen anzufangen – da ist unser Präsident immer schon etwas müde!
KS 24

Er ist der erste Präsident, der direkt vom Weißen Haus ins Seniorenheim gefahren wird.
Der erste Präsident, der direkt vom Weißen Haus in die Psychiatrie gefahren wird, kommt vielleicht auch bald.
KS 24

Viel Lob in Mar-a-Lago

Friedensmission

KS 24
Das muss man Sunak lassen: Ganz ganz großes Kino!
Tories

Macrons Wahlauswertung

NAHOST – DIALOG

KS 24
Stoppen wir Putin!
NATO

Endlich plant unser Verkehrsminister mal ein Gesetz gegen den SUV-Wahn auf deutschen Straßen!

Bundeskabinett beschließt Haushalt

August

Einfach lächerlich. Kamalas Lachen wird von Trump zum Politikum stilisiert – wohl, weil ihm das eigene ein wenig vergangen ist. Zur Favoritin ist die bisherige Vize noch nicht geworden, zur Rivalin auf Augenhöhe schon. Und in der TV-Debatte schlägt sie sich, für viele überraschend, eher besser als die erfahrene Rampensau, der Ex-TV-Entertainer Donald T.

Der große Show Down. Im Western wartet man gespannt auf diesen Moment, im Nahen Eastern, dem wir zwangsläufig zuschauen müssen, würde man ihn gerne vermeiden. Die ganze Welt blickt besorgt auf die Eskalation zwischen Iran und Israel. Ein Flächenbrand mit unabsehbaren Folgen droht.

Selbst-Demontage, Teil I. Abschiebungen werden in einigen Fällen durch komplizierte bürokratische Regelungen oder Schlamperei verhindert. Vor allem aber dadurch, dass in Länder, in denen den Betroffenen Folter oder Gefahr für Leib und Leben droht, nicht abgeschoben werden darf. Das ist nicht „laxes“ deutsches, sondern europäisches Recht, bzw. sogar universell gültiges Völkerrecht. Doch vor den Wahlen im Osten, bei denen mit Sicherheit die Antimigrationspartei AfD absahnen wird, schiebt die Bundesregierung ausgerechnet nach Afghanistan ab. Bedrohte und Verfolgte müssen bezahlen für Versäumnisse der Vergangenheit, wie etwa die blauäugige Duldung und Verharmlosung der Tätigkeit radikaler Imame. Und jetzt das (vergleiche Rücktitel): Abschieben nach Afghanistan! Wem gibt man damit Recht? Denjenigen, die genau dies schon immer für möglich erklärt und gefordert haben. Wer macht sich damit unglaubwürdig? – Genau.

Selbst-Demontage, Teil II. Es kommt zu mehreren Messerattacken in deutschen Innenstädten, z.T. mit islamistischem Hintergrund. Das muss selbstverständlich streng geahndet werden. Dafür sind bereits entsprechende Strafen im Gesetzbuch vorgesehen. Doch die Politik reagiert reflexartig mit der Ankündigung einer Verschärfung des Waffenrechts. Wem gibt sie damit recht? – Genau.

Grünstapelei. Seit 1795 existiert sie bereits, die Papenburger Meyer Werft. Für das Emsland ist sie ein wesentlicher Wirtschaftsfaktor. Seit vier Jahrzehnten werden dort Kreuzfahrtschiffe gebaut. Doch mit der Corona-Pandemie geriet diese Branche ins Schlingern, bei Meyer tat sich eine riesige Finanzlücke auf. Nun wird die Werft zum Staatskonzern, Bund und Land übernehmen sie zu 80 Prozent. Doch weshalb kommen die Mittel eigentlich nicht direkt aus dem Umweltministerium oder einem europäischen Öko-Fond? Dabei erweckt ein Blick auf die Website der Firma, speziell die Fotos, den Eindruck, es handle sich bei ihr um ein Unternehmen zur Förderung grüner Technologien. Die Welt wird durch sie noch grüner, wann begreifen das endlich auch die Karikaturisten?

Dream-Team. Musk und Trump haben so einiges gemeinsam: den Reichtum, die Gleichgültigkeit gegenüber der künftigen Bewohnbarkeit des Planeten (Musk will ja eh, dass wir auf den Mars umziehen), die Liebe zu Fake News und deren ungehinderter Verbreitung, die Übergriffigkeit gegenüber Frauen, ihre generelle Ablehnung sexueller Transformation, ihre Selbstdarstellung als gläubige Menschen – und natürlich ihre wechselseitige Sympathie. Nun hört man, Musk könnte gar einer neuen Regierung Trump angehören. Der Albtraum hoch zwei!

W. F.

Die Olympischen Spiele waren fantastisch! Nur ein bisschen wenig Medaillen für uns!
Sind einfach zu faul und behäbig, die jungen Leute von heute!

KS 24
Urlauber raus!
40°C! Nicht auszuhalten!
Stecken bestimmt irgendwelche Einheimischen dahinter!
Mallorca

Sein schlimmster Albtraum ...

überall beste Laune

High Noon: Warten in Nahost

Die nächste Eskalationsstufe ...

Wenn es dem Kampf gegen den Terrorismus hilft...

24
KIEW
Neues schweres Kriegsgerät aus Deutschland!

Warum sterben eigentlich nicht alle Oppositionellen und Kritiker durch Fenster-, Balkon- oder Treppenstürze, durch Bootsunfälle oder Flugzeugabstürze, durch Lagerhaft, Gift oder durch 'ne Kugel?
Wladimir braucht noch welche für den einen oder anderen Gefangenenaustausch!
KS 24

Sie planen zu verreisen? Ab dem 1. September? Ins befreundete Ausland? Belarus? China? Nordkorea?
Sachsen und Thüringen!
Z
KS 24

Wen ich wählen würde?
Schwierig. Ich mag beide!
AfD
BSW

Demnächst: Scheiterhaufen im Osten

Ich befürchte, Frau Faesers Messer-verbot kommt zu spät!
Grrrr!!
Grrrr!!
Grrr!!
KS 24

Ampel diskutiert Haushalt

Die blühenden Landschaften in Ostdeutschland

KNALL!!!
PLOPP!!!
Richtig ist, dass wir den Opfern dieser Ausländergewalt unser tiefes Mitgefühl aussprechen!
Nicht richtig ist, dass bei uns jetzt die Sektkorken knallen!
KNALL!!!
AfD

Mit einer Jacht sind da sieben Menschen er- trunken!
Keine Flücht- linge?!? Das ist ja furchtbar!

KS 24
Die Meyer-Werft ist gerettet! 3000 Leute behalten ihren Job!
Schön für sie!

„... falls mich Trump in sein Kabinett beruft!"

Pro-Auto-Plan
Alle Grünflächen und Spielplätze umwandeln in Parkplätze!
Alle Museen, Theater und Konzerthäuser umwandeln in Parkhäuser!
Mehr Autobahnen in die Innenstädte!
Radwege und Bürgersteige abschaffen!
Illegale Autorennen legalisieren!
Tempo 160 vor allen Kitas, Schulen und Seniorenheimen!
FDP
Und natürlich weg mit jeder Art von Ampel!
KS 24

September

Alles auf Reset. Nach dem denkbar knappen Einzug in den Landtag von Sachsen (5,1 Prozent) und dessen Verfehlen in Thüringen (3,2) und Brandenburg (4,1) treten die Grünen-Vorsitzenden Lang und Nouripour sowie der gesamte Bundesvorstand zurück. Sie wollen der Partei ein Jahr vor der Bundestagswahl einen Neustart ermöglichen. Ein solcher täte nicht nur den Grünen, ja nicht nur der Politik gut.

Selbst-Demontage, III. Die von der extremen Rechten seit langem geforderten systematischen Kontrollen an den Außengrenzen hat die Regierung bislang ausgeschlossen. Damit würde das Schengen-Abkommen ausgehebelt, die Freizügigkeit in Europa eingeschränkt, politisch und wirtschaftlich eine Katastrophe, hieß es. Stimmt alles und nichts daran hat sich geändert. Nun werden Kontrollen aber plötzlich angeordnet, und zwar an ALLEN Außengrenzen. Unsere europäischen Partner, denen wir so gerne Lektionen erteilen, weil sie sich für unseren Geschmack zu sehr abschirmen, sind überrascht, entsetzt, empört. Und wem gibt man damit Recht? – Genau.

Welche Freiheit meinen die? Nach vielfachen Skandalen schien die Freiheitliche Partei Österreichs (FPÖ) sich nach 2019 um die Wiederherstellung einer gewissen Glaubwürdigkeit durch gemäßigtes Auftreten zu bemühen. Doch schon bald wurde mit Herbert Kickl ein Rechtsextremer zum neuen starken Mann und Spitzenkandidaten. Nun werden die „Freiheitlichen" mit 29 Prozent der Stimmen erstmals stärkste Partei bei den Wahlen zum Nationalrat und erheben als solche den Anspruch auf Bildung einer Koalitionsregierung mit der ÖVP, der Österreichischen Volkspartei. Etliche politische Beobachter bezeichnen Kickl als den österreichischen Björn Höcke. Der Wähler bewahre uns davor, dass Höcke zum deutschen Hickl wird, zum Sieger bei einer Wahl zum Bundestag!

Dinoland, ausgebrannt. Deutschland hat die Elektromobilität verschlafen, ist bei der Digitalisierung ins Hintertreffen geraten, es „erfreut sich" (oder auch nicht) eines katastrophal schlechten Internets und eines maroden Schienennetzes, usw. usf. – all diese Defizite können nicht einfach der Politik oder gar der gerade amtierenden Regierung angelastet werden, wie man das so gerne tut. Allzu lange haben wir alle auf alte Erfolgsrezepte gesetzt. Vieles erinnert an das Jahr 1997, in dem Bundespräsident Roman Herzog vom „Ruck" sprach, der durch das Land gehen müsse. „Reformstau" war damals das Wort des Jahres. Das meinte v. a. die Politik. Heute wäre es eher Innovationsstau. Offiziell trug Herzogs „Ruck"-Rede den Titel „Aufbruch ins 21. Jahrhundert". Es wird allmählich Zeit dafür.

Flut-Opfer, II. Die „Jahrhundertfluten" wiederholen sich, wie von Klimaforschern erwartet, in immer kürzeren Abständen. Politische Chancen hat in Dresden und dem von dort aus regierten Land trotzdem nur, wer mehr fossile Energie vom alten Lieferanten Russland in Aussicht stellt. Sorgen macht (nicht nur) dort weiterhin nur eine imaginäre, nämlich die „Asylanten-Flut". Dabei steht der Pegel in Sachsen beim Ausländeranteil bei 7,1 Prozent unter dem Bundesdurchschnitt (8,1 zu 15,2 Prozent in 2023, vergleiche Bild im Vorwort Seite 3).

W. F.

Nächste Woche verkündige ich meine Kanzler-Kandidatur!
Und wo bleibt jetzt der Söder?!

Mit Ihren klaren Worten sprechen Sie uns aus der Seele, Herr Merz, und wir würden Sie sofort wählen, wenn es nicht …
… schon die AfD gäbe!
CDU
CDU
CDU
KS 24

Jetzt offizielles CDU-Unschuldslamm

Gefährdete Arten in Deutschland

Ein wenig frisches Wasser, dann wird das wieder!
BÜNDNIS 90 DIE GRÜNEN
KS 24

Wunschdenken

Vor 1989

Heute

Bundesamt
für Migration
und Flüchtlinge
Kommen Sie aus Sachsen, Thüringen oder Brandenburg?
Österreich!

Demnächst ...

Faesers smarte Grenzkontrollen zeigen Wirkung

CLUB
Schöne Grüße von Frau Faeser, sie hätte da einen Job für Sie an der deutschen Grenze!
KS 24

Alles sauber durchgerechnet, mein Haushaltsentwurf!

KS 24
Augen zu und durch! Und nach mir die Sintflut!!
Lindners
Schuldenbremse

Unser nächstes Etappenziel?
Die Renten-reform!
AMPEL

Herbst der Entscheidungen

Dem Klimawandel trotzen!

Fridays for Future demonstriert mal wieder!
AfD
Idioten! Spinner! Paranoiker!

Auswahlkommission
Unwort des Jahres
Netanjahu, Hamas und Hisbollah schlagen übereinstimmend als diesjährige Unwörter vor: Deeskalation, Waffenstillstand und Frieden!

Wer war das denn? Melania? Kamala Harris?
Taylor Swift!

UN-Generaldebatte in New York

PEACE
HOCH DIE INTERNATIONALE SOLIDARITÄT!
Den Krieg stoppen!
PEACE!
Amis raus aus Vietnam!
Anno '68
Sahra Wagenknecht hätte damals bestimmt gefordert: "Den Krieg stoppen! Keine Waffen mehr für den Vietcong!"
KS 24

Oktober

Schwere Hörigkeit. Victor Urbantschitsch gilt als Begründer der modernen Ohrenheilkunde. Beim österreichischen Schriftsteller Thomas Bernhard wird die „Urbantschitsche Methode“, eine Hörschule für die Partnerin des Protagonisten, zur Zumutung, ja Folter, die nur in der Katastrophe enden kann („Das Kalkwerk“). Viktor Orbán quält seine Partner, die nicht auf seinen rechten Rat hören wollen, auf seine Art. Seit Beginn des ungarischen Vorsitzes im Europäischen Rat mutet er diesen die permanente Inszenierung seiner Putin-Nähe zu, schon in den ersten Tagen mit seiner Reise nach Moskau, zuletzt mit der Ankündigung eines Vertrags mit Gasprom. Die „Orban(tschit)sche Methode“: in Brüssel kassieren und auf Moskau hören.

Panda rhei. Das bedeutet, sehr frei nach Heraklit: Alles strömt zu den im August im Berliner Zoo geborenen Pandas, die nun seit Mitte Oktober zu besichtigen sind. Mit einer solchen Attraktion kann auch ein seltener Vogel wie Air Force 1 nicht mithalten.

Wie lange denn noch? Am 27. September wurde Hisbollah-Chef Hassan Nasrallah gezielt getötet, am 16. Oktober traf es eher zufällig Jahia Sinwar, den Organisator des Massakers vom 7. Oktober 2023 und Anführer der Hamas im Gaza-Streifen. Wer sich davon den Beginn von Verhandlungen über einen Waffenstillstand und die Befreiung der Geiseln erhofft hatte, wird rasch enttäuscht. Die Gewaltspirale dreht sich weiter.

Tiefpunkt. Trumps Lügen im US-Wahlkampf werden immer dreister und grotesker. Mal behauptet er die Regierung Biden habe wichtige republikanische Entscheidungsträger nicht über die Taifune informiert. Die Betreffenden bestätigen das Gegenteil. Mal sollen Gelder für Taifunopfer für Migranten ausgegeben worden sein. Mal erfindet er Migranten, die Hunde von braven Bürgern verspeisen. Mal zielt er machomäßig sehr deutlich unter die Gürtellinie. Nichts von alledem tut seiner Popularität Abbruch. Die Entwicklung der sozialen Medien lässt befürchten, dass auch Europa vor einem solchen Absinken des Niveaus der politischen Auseinandersetzung nicht sicher ist.

Rechnung ohne die Wirtin gemacht? Die potenziellen ostdeutschen „Brombeer-Koalitionäre“ können sich, zunächst in Thüringen, in landespolitischen Fragen einig werden. Was steht einer Regierungsbildung also entgegen? Nichts außer der Kleinigkeit, dass die Parteigründerin und -beherrscherin, pardon: die Parteivorsitzende, von ihren Partnern außen- und verteidigungspolitische Bekenntnisse verlangt, für die sie gar nicht zuständig sind. Sollte etwa am Ende die erwartete Brombeerernte ausfallen?

Verbieten verboten? Aller Voraussicht nach wird dem Bundestag demnächst ein Antrag auf ein Verbot der AfD vorliegen. Ein solches kann nur bundesweit ausgesprochen werden. Bislang stufen aber die Verfassungsschutzbehörden keineswegs alle Landesverbände als gesichert rechtsradikal ein. Selbst wenn sie es täten, bedeutete das noch lange nicht, dass das Verfassungsgericht ihnen folgen würde. Denn es urteilt auf der Basis des Grundgesetzes und das hat aus gutem Grund die Hürden für ein Verbot sehr hoch gelegt. Soweit zur Rechtslage. Und was würde es für die Entwicklung der politischen Kultur in diesem Land bedeuten, wenn eine Partei verboten würde, die in einem Bundesland bereits zur stärksten Kraft aufgestiegen und anderswo nicht weit davon entfernt ist?

W. F.

Die Migranten sind Tiere! Wilde! Abschaum! Müll! Kriminelle! Terroristen! Sie vergiften unsere Gene! Und essen unsere Hunde und Katzen! Ich werde Sie ALLE abschieben!!
TRUMP
Stimmt schon: Politik macht krank!
KS 24

Machtwort aus Washington

In Teheran tief unten im Bunker: Warten auf Israels Angriff.

Egal, wer zuerst abdrückt:
Zuerst getroffen werden wir!
KS 24

ISRAEL
IRAN
Stopp! Aufhören! Oder ich werde ganz, ganz böse!
UN

KS 24
Waffenstillstand ?!
Mit Hamas und Hisbollah?
Wie denn? Die haben
doch jetzt keine Ver-
handlungsführer mehr!

Großereignisse in Berlin ...

Orbans Vision ...

Nach einem weiteren Todesfall in Moskau ...

Viel zu hohe Anreize im Sicherheitspaket!

UN-Weltnaturkonferenz 2024 beginnt …

Reform des öffentlich-rechtlichen Rundfunks...

KS 24
Hab' ich ja gesagt, dass die Wirtschaft zusammenbricht, wenn unsere Topverdiener mehr Steuern zahlen müssen!

Bayern – das schönste Land auf Erden!
Wenn nur dieses hässliche Grün nicht wäre!
KS 24

Neue Bundeswaldinventur

KS 24
Wir verlassen die Ampel!
Wir verlassen sie nicht!
Wir verlassen die Ampel!
Wir verlassen sie nicht!
Wir verlassen die Ampel!
Wir verlassen die Ampel!
Wir verlassen sie nicht!
Wir verlassen die Ampel!
Wir verlassen die Ampel!
Wir verlassen sie nicht!
Wir verlassen sie …
FDP
Herbst der Entscheidungen

Opa, wärst du für einen AfD-Verbotsantrag in Karlsruhe?
Ja, solange dort das Bundesverfassungsgericht urteilt! Falls irgendwann mal dort der Volksgerichtshof einziehen würde, wäre es zu spät!

Das Ergebnis der katholischen Weltsynode …

Direktiven aus Berlin ...

Tausende nord-koreanische Soldaten kämpfen jetzt für Russland!
Höchste Zeit, dass wir bei den Koalitionsverhandlungen im Osten einen deutschen Freundschaftsvertrag mit Kim Jong Un einfordern!
KS 24

Trump oder Harris?

Die Entscheidung wird „dank“ des amerikansichen Wahlrechts wohl letztlich von ganz wenigen, möglicherweise ein paar hundert oder noch weniger Wählern in den oder in einem der umkämpften swing states getroffen, die Folge kann ein völliges Umkippen der Weltpolitik bedeuten. Der Trump von heute ist nicht mehr der zwar brutale, aber eben doch auch tapsige, auf sein Amt nicht vorbereitete und daher in seiner Gefährlichkeit noch begrenzte, über die Stränge schlagende, sich oft genug auch lächerlich machende Polit-Amateur. Der Trump von heute ist besessen von der Rache an allen Liberalen (die in seinem Lager „Kommunisten“ heißen), Fortschrittlichen, Intellektuellen, auch nur ökologisch Angehauchten, an allen, die den Zugang zu Waffen begrenzen wollen, an Vorkämpfern für Emanzipation, Menschen- und darunter nicht zuletzt Frauen- und Minderheiten-Rechte und dieser Feldzug gegen aufgeklärtes Denken und politisches Handeln ist seit langem generalstabsmäßig vorbereitet. Trump hat seinen vermutlich größten Beitrag dazu durch die Ernennung von durchweg erzreaktionären Richtern an den Obersten Gerichtshof geleistet. Das Ausscheiden von mehreren Richtern während seiner Amtszeit bot ihm dafür die schamlos genutzte legale Chance. Für die Vorbereitung weitreichender Systemänderungen und gezielte Neubesetzungen zentraler Schlüsselstellungen in Staat und Gesellschaft sind seit langem die Vorbereitungen getroffen. Ein großes Netzwerk, das von christlichen Fundamentalisten über libertäre, aber illiberale Ideologen wie Elon Musk und die Waffenlobby bis zu den Nutznießern fossiler Technologien reicht, wartet nur auf den Wahlsieg Trumps, um nicht nur die amerikanische Gesellschaft von Grund auf umzugestalten, sondern auch die Weltpolitik. Welche Rolle für das immer noch entschieden zu aufgeklärte Europa dabei vorgesehen ist, haben der Kandidat und sein eventueller Vize wiederholt deutlich gemacht: die des Spielballs, dessen Eigeninteressen man auch nicht ansatzweise zu berücksichtigen gedenkt. Noch nie war das Wort Schicksalswahl so zutreffend, noch nie hatte es eine so folgenschwere Bedeutung.

Gewinnt Trump, ist die Welt bei Erscheinen dieses Buchs eine andere als bei Drucklegung. Unterliegt er, wird er das zweifellos nicht hinnehmen. Wir müssen uns dann auf einen endlosen Widerstand gegen die Institutionen einstellen. Dieser kann, wie der Sturm aufs Kapitol vor vier Jahren zeigte, durchaus zu bürgerkriegsähnlichen Zuständen führen – und wäre doch die harmloseste, glimpflichste Lösung. Die Welt könnte ein wenig aufatmen, die Vereinigten Staaten noch lange nicht.

W. F.

Kurzbiografie

Klaus Stuttmann Jahrgang 1949, Schwabe, seit 1970 in Berlin. Studierte Kunstgeschichte und Geschichte, 1976 Magister. Seitdem freiberuflich tagespolitischer Karikaturist. Er zeichnet regelmäßig für den „Tagesspiegel", die „Rheinische Post", die „Rhein-Neckar-Zeitung", die „Neue Westfälische", die „Neue Osnabrücker Zeitung", „Spiegel-Online" und viele andere mehr.

Auszeichnungen: Diverse erste und zweite Preise bei der „Rückblende" (Karikaturenpreis der deutschen Zeitungsverleger) und beim „Deutschen Preis für politische Karikatur". Beim „Deutschen Karikaturenpreis" einmal den Publikums- und 2016 den ersten Preis. In Italien 2010 den „Premio Satira Politica – Forte dei Marmi" und den 3. Platz beim „Deutschen Cartoonpreis 2021 sowie 2024 den „Ludwig-Emil-Grimm-Preis".